Collection dirigée par Chantal Pelletier

Du même auteur

L'Intérieur de la nuit
Plon, 2005
(prix Louis-Guilloux 2006 ; prix Montalembert du premier roman de femme 2006 ; prix René-Fallet 2006 ; prix Bernard-Palissy 2006 ; Prix de l'excellence camerounaise 2007 ; prix Grinzane Cavour 2008, catégorie 1er roman étranger)

Contours du jour qui vient
Plon, 2006
(prix Goncourt des lycéens 2006)

Tels des astres éteints
Plon, 2008

Afropean soul et autres nouvelles
Flammarion, 2008
(collection « Étonnants classiques »)

Léonora
Miano

•

Soulfood équatoriale

Exquis
d'écrivains

•

NiL
éditions

NiL

ISBN 978-2-84111-380-4
Design : Philippe Apeloig

Pierre à écraser

Gombo

Collation

Soul food

Solo

Mwanja

Ndole

Avocat

Jazz

Sauterelles

Gari

Pepe soup

Camarões

Pierre à écraser

Il est des jours comme celui-ci, où une fringale de rivage me prend. En un rien de temps, je l'aperçois. Le voici. Là, sous mes mains qui cherchent, dans le placard de la cuisine, le gros galet plat et sa petite pierre ronde. Une pierre dense et solide. Elle sert à écraser, une fois posés sur le galet, les ingrédients de la sauce qui me ramènera chez moi. Je la laisse épouser parfaitement le creux de ma main.

Aussitôt, j'entends le clapotis de l'eau sur les rochers. Le chant des pêcheurs qui rapportent une moisson de soles à braiser pour les fines cuisinières de la côte.

Tout est dans la forme de la pierre à écraser. Dans son crissement régulier. Dans les parfums qui se sont imprimés en elle au fil des ans. Mon âme se repaît de ces souvenirs, tandis que j'apprête, sur le plan de travail, près de la pierre, les minuscules crevettes séchées et le gingembre frais.

Les saveurs viennent aussi de cette pierre et de son galet, ramassés sur le rivage. J'aime passer la main dessus avant de commencer. Toucher ma terre. Sentir que l'océan qui nous sépare ne sera jamais qu'une fiction.

La terre est en moi. C'est elle que je caresse du plat de la main. C'est elle qui roule doucement sous mon impulsion.

Gombo

Me voici à Douala. La nuit est tombée. Mes sœurs et moi avons pris notre bain. Ce soir, nous aurons droit à notre dîner préféré. Non pas que nous l'ayons particulièrement mérité, mais nous ne bouderons pas notre plaisir.

Déjà, l'odeur est dans toute la maison. Le parfum caramélisé des *misole̱* frits. Les plantains s'appellent *mie̱le̱* quand ils sont verts, *misole̱* quand ils ont mûri. Du moins, en est-il ainsi chez ceux dont l'esprit s'allia au corps, afin que leurs lèvres prononcent les mots de l'unique langage qui mérite considération.

Nous nous installons prestement autour de la table. Nous avons de jolies assiettes décorées de fleurs. Nous sentons bon le savon à la rose, dont le parfum semble tellement irrésistible à l'une d'entre nous qu'elle ne peut s'empêcher d'y goûter. Dans la salle de bains, la petite boule posée sur un coin de la baignoire porte souvent la marque de ses dents. Nous répétons les mots d'anglais appris en classe ce matin. Nous rions. Un bar situé à côté de la maison diffuse un makossa endiablé. Mes pieds battent la mesure. Bientôt, nous sommes servies.

Je coupe le gombo en fines rondelles, et laisse voguer ma mémoire. Le poisson fumé est dans la casserole. Il s'y imprègne de la saveur et du parfum des ingrédients écrasés tout à l'heure, et de quelques autres. Le gombo me laisse son suc baveux sur les doigts. J'aime ça. Je pense à la texture de la sauce, et me laisse enivrer par les senteurs.

Voici le rivage. Le sol qui n'est pas seulement cette étendue de terre qu'on trouve n'importe où. Les peuples du monde connaissent à présent bien des rives. Toutes ne sont que des imitations de ce rivage-ci. Le mien. Le lieu où le monde a commencé. Ceci est la vérité. Les *Sawas*[1] transmettent cela à leur descendance, de génération en génération.

Ils disent :

Au commencement, était Nyambe. L'absolu. Il se dressa ici. Sans contours ni visage, plus puissant que

1. *Sawa*, c'est la rive, en langue douala du Cameroun. Ce terme désigne aussi les populations du littoral camerounais ayant un ancêtre commun.

tout ce qui existe. Sa voix tonna comme mille ouragans, et il se présenta. « L'Incréé, l'Immortel. »

Se déchirant en deux, il fit apparaître Mwaye, la lumière, et Mwititi, l'obscurité. Ayant ainsi scindé sa propre force, il rangea d'un côté Mwenen, la visibilité, afin que soit regardé ce qui peut l'être. De l'autre côté, l'Incréé plaça Ndimsi, l'invisibilité, afin que reste caché ce qui ne doit être vu.

Puis il fit l'eau, sa première créature. Il en tira l'humain, qu'il sépara en trois parties : l'esprit, l'âme, et le corps. L'esprit se joignit au corps, afin que naisse le langage. L'âme s'associa elle aussi au corps, pour que vienne la musique. Notre verbe et nos chants sont, après la formidable voix du divin, les premières sonorités qui se firent entendre.

Voici donc le rivage où naquit le monde. Dans ma cuisine parisienne, à l'instant où le gombo rejoint ce qui n'est encore qu'une sauce tomate au poisson fumé. Enfin, tout de même pas une vulgaire sauce tomate.

Le peuple qui m'a engendrée, même s'il ne peut le prouver – ce dont il ne se soucie guère –, est l'habitant initial de la terre. Né de l'eau, c'est d'elle qu'il tire sa subsistance. C'est à elle qu'il retourne, quand il lui faut implorer, célébrer, remercier. Ces paroles sont transmises de génération en génération, jusqu'à moi qui vous parle.

Vous sachant incrédules, je garderai les secrets des miens, et ne vous dirai rien de l'île sacrée de Jebale̱. De son roi, Maale̱, qui épousa une ondine au pied bot. Je ne vous dirai pas en souvenir de quoi nous immergeons, le 1er décembre de chaque année, une marmite dans les flots.

Voici le rivage et, surtout, le fleuve. Ne nous étendons pas sur l'appellation véritable de ses eaux. Certains vinrent sur nos berges, il y a longtemps. Ceux qui fractionnent ainsi la durée disent que c'était au XVe siècle. On dit aussi que ces étrangers étaient des Portugais. Nul ne sait comment ils sont venus au monde, puisqu'ils ne furent pas, comme nous, tirés des eaux primordiales.

Ils vinrent au cours de la saison où notre fleuve, se jetant fièrement dans l'océan qui jamais ne l'engloutit, apportait aux hommes des écrevisses. Il y en avait tant qu'on les voyait à la surface de l'eau. Les étrangers le baptisèrent d'un nom qui l'identifia longtemps pour leurs semblables : Rio dos Camarões. *Camarões*, qui signifiait crevettes dans leur langage, devint pour eux le nom de notre côte.

D'autres bouches formèrent ce nom à leur

convenance. Camarones. Cameroons. Kamerun. Cameroun.

Ces gens surent-ils jamais que nous avions, grâce au fleuve, mais aussi sur ses berges, bien d'autres choses à manger que des écrevisses qui, pour être de belle taille, ne pouvaient seules nourrir les créatures que l'Incréé fit Lui-même jaillir de l'eau ? Ce que sont les peuples, cela ne s'écrit pas dans les livres, et c'est d'ailleurs sans rapport avec leur production en la matière. La civilisation est avant tout dans l'assiette !

Lorsque les crabes achetés vivants tomberont dans la casserole où tout le reste aura achevé de cuire, je sais que je ferai plus qu'assouvir une simple fringale en m'asseyant à table. Je prendrai tout mon sens.

Jazz

Ici, sandwich se dit : *pain chargé*. Et la charge est variable. Il peut s'agir d'une omelette, généralement cuite au coin de la rue, de préférence dans une poêle sans âge ni forme. Ceux qui ont un peu d'argent peuvent la faire garnir. À la sardine ou à la tomate, par exemple. Toujours avec des oignons.

Pour attirer les clients, il faut avoir le sens du spectacle. Être capable de retourner l'omelette – oui, oui, comme une crêpe – en l'air sans la faire tomber dans la poussière rouge des rues. Elle reçoit déjà sa dose de poussière au moindre souffle du vent.

L'omelette baveuse ne fait pas recette ici. Nous n'aimons les œufs que parfaitement cuits. On peut également garnir le pain d'un amas de résidus carnés de toutes sortes, extrait d'une boîte de conserve, et appelé pâté. Ou encore, on peut le fourrer de viande cuite dans une sauce épicée. Ça, c'est déjà du luxe. Le jazz reste une des possibilités les plus prisées des précaires.

Le Cameroun n'est pas une destination touristique. Pas un pays carte postale. Pas l'image de l'Afrique qui fait rêver ceux qui rêvent encore d'Afrique. Ceux qui connaissent ce pays y vont pour les affaires. Des activités allant de l'exploitation des bois précieux au tourisme sexuel. À caractère pédophile. Je parle du tourisme sexuel.

Pour le reste, on ne connaît pas les Camerounais. À peine se souvient-on de leurs Lions indomptables, de la religion du football qui les produisait par dizaines, il y a encore quelques années. On ignore combien ils sont inventifs et clairvoyants. Ce sont pourtant ces deux qualités qui leur permirent de trouver le nom approprié à cette garniture : jazz. L'appellation se propagea, on ne sait trop comment, dans les rues des villes. C'était une telle évidence. Aussi, n'hésita-t-on pas à commander :

« Ajoute encore le jazz. »

Ou bien :

« Pain de 25, jazz de 10[1]. »

Tout est clair pour la marchande qui s'exécute

1. Celui qui formule cette commande, déjà savoureuse en soi, veut simplement dire qu'il aimerait pour 25 francs CFA de pain (la taille étant fonction du prix), et pour 10 francs CFA de jazz (la quantité se rapportant, elle aussi, aux moyens du client).

sans un sourire, parce qu'une femme bien élevée ne met pas son sourire à la disposition des passants. Même quand ce sont des clients. Tout au plus leur offrira-t-elle une cuillerée supplémentaire de jazz pour les fidéliser. Les plus confiantes dans la qualité de leur recette – grâce aux crevettes séchées secrètement ajoutées à la préparation de base ou à un savant mélange d'ail, d'oignon et de gingembre – se passent de ce geste commercial.

Les autres lancent gaiement, mais sans sourire, pour les raisons précédemment indiquées :

« *Asso*, je mets le cadeau[1] ! »

En réalité, elles ne font que jeter une petite dose d'huile rougie par la tomate dans le sandwich, avant de l'emballer dans les pages d'un quotidien local. C'est que le jazz est précieux. Quelques bouchées vous remplissent l'estomac, et, dans les pays où on cherche la vie sans forcément la trouver, la satiété vaut son pesant d'or.

Marché de New Bell. Peu importe l'époque. New Bell est immuable. Incomparable. Territoire brûlant d'une ville qui ne compte plus ses points

1. *Asso* est une forme abrégée de : associé. Ici, cela signifie : ami, copain.

chauds. Telle est Douala : une métropole canaille. Ceux qui viennent faire des affaires au Cameroun savent que Douala les propose toutes. Les tabous ne sont pas sa tasse de thé. La pudeur, pas son fort.

Dans certains domaines, qu'on les juge ou non essentiels à l'avancée d'un pays, la capitale économique du Cameroun n'a rien à apprendre de New York ou de... Allez-y, dites le nom d'une ville dépravée qui n'a pas froid aux yeux et aucune autre réputation à préserver que celle de ses multiples désordres. En fait, ni New York ni la ville dont le nom vous échappe en ce moment n'arrivent à la cheville de Douala.

Marché de New Bell, donc. Midi. Une heure relativement honnête. Ce qui se passe la nuit a déjà lieu, mais sans ferveur excessive. Le soleil rosse les plus hardis, ralentit les gestes. Ce n'est rien. La nuit tombera vite.

Dès six heures du soir, tout prendra une autre tournure. Mais là, il n'est que midi. Impossible de décrire l'odeur qui flotte dans l'air. Elle mêle la sueur, les gaz d'échappement, la bière brune ou blonde, les vivres avariés, et tout le reste. Ce vers quoi on court à cette heure, pour ne pas tourner de l'œil avant la fin de la journée.

Les tendons de bœuf grillés et épicés. Trompe

la faim de l'ouvrier mal rémunéré qui ne peut se permettre un véritable déjeuner. Il les mâchera jusqu'au soir. Le maquereau mariné dans le *ndjangsang*[1] et le *pe̱be̱*[2], avant d'être passé à la braise. Les beignets de maïs à la banane. Les plantains braisés. Les soyas, brochettes de bœuf saupoudrées de *gari*, semoule de manioc que nous aimons jaunie par un peu d'huile de palme.

Toutes ces senteurs et bien d'autres sont dans l'air de New Bell.

Le lycée bâti en plein cœur du quartier ouvre ses portes. De jeunes gens vêtus d'un uniforme marron et jaune très pâle se ruent vers l'extérieur. C'est l'heure du déjeuner. L'établissement ne dispose pas de cantine. Certains rentrent chez eux pour le repas, mais beaucoup restent aux abords du lycée, jusqu'à la reprise.

Les garçons en particulier, qui n'ont pas les ongles longs et pas vraiment le souci de leur ligne, s'agglutinent autour des énormes marmites en fonte posées sur des parpaings en guise de foyer. Couvertes à demi, elles contiennent une sauce tomate

1. Amande du *Ricinodendron heudelotii*, grillée puis écrasée. Exhausteur de goût.
2. *Monodora myristica*. Passées à la poêle avant d'être débarrassées de leur coque, les graines sont ensuite écrasées.

aux haricots rouges. Chaque marchande a sa recette mais, de loin, on peut savoir que l'ail est un élément essentiel de la préparation. Le jazz, c'est ça : des haricots rouges en sauce. Avec ou sans viande.

Le pain chargé de haricots en sauce porte, quant à lui le nom de saxophone. Il réclame un placement hautement stratégique des doigts, pour éviter qu'il ne se désagrège sous l'effet de la chaleur et de l'huile contenue dans la sauce.

Attention ! Tous les sandwichs ne sont pas des saxophones, puisqu'ils ne contiennent pas tous du jazz. D'ailleurs, ils ne nécessitent pas le même doigté. Arriver au bout d'un saxophone, sans en perdre une miette et sans que les haricots filent vers le sol, requiert une maîtrise accessible aux seuls pratiquants assidus. Cela ne vient pas tout seul. Les saxophonistes les plus brillants se salissent à peine les lèvres.

Radio trottoir[1] – qui passe ses journées à rapporter les secrets les plus inavouables des habitants de notre plaine côtière – ne nous a jamais dit si les haricots en sauce devaient également le nom de jazz au chant nocturne de l'intestin du saxophoniste.

1. Radio trottoir, c'est le téléphone arabe, la rumeur.

Collation

Tout le monde sait qu'un plat se marie avec une boisson, mais on ne songe pas assez qu'il s'harmonise également avec le temps.

Un après-midi pluvieux comme celui-ci, on aime rester chez soi. C'est l'heure du goûter sous les tropiques, mais l'orage commande de déroger aux habitudes.

Pas de canne à sucre épluchée avec les dents pour aspirer, en la mâchant, le suc de la chair fibreuse. Pas non plus de pain tartiné de lait concentré sucré, ni de noix de coco râpée et caramélisée, qu'on garde dans une boîte métallique.

Dehors, les éléments se déchaînent. Les chemins disparaissent sous l'eau, les enfants prennent une douche improvisée, les adultes cherchent en courant un abri.

C'est étrange, mais ceux qui sont à couvert, dans de tels moments, ont le sentiment d'avoir tout leur temps. Comme si l'orage les avait placés dans une bulle.

Si une petite faim se fait sentir, elle aura

l'élégance de ne pas les assaillir trop brutalement, leur laissant le loisir d'une préparation un tantinet plus exigeante que celle d'un simple sandwich ou d'un morceau de canne à sucre.

Sans se soucier de l'arbre dont le tronc craque au loin ni de la foudre qui s'abat quelque part, on entreprend alors la préparation d'une pâte à beignets. Des beignets de maïs à la banane. Pour être vraiment d'équerre avec le climat, on décide de leur donner un peu de caractère.

C'est pourquoi on préfère des bananes plantains bien mûres aux fruits à la saveur douceâtre. On tamise la farine : trois quarts de farine de maïs pour un quart de farine de blé, et on la laisse de côté.

Pendant qu'elle attend, on place la quantité nécessaire de levure boulangère dans un peu d'eau tiède, et on s'attaque à l'écrasée de bananes. À mains nues.

La pâte devra reposer au moins une heure et demie, ce qui laisse le temps de préparer du *paf*, bouillie à base de maïs, qu'on agrémente en catimini d'un peu de miel aussi noir et sauvage que le cœur de la forêt d'où il provient.

Ceux qui goûteront cette bouillie en mâchant leurs beignets ne cesseront d'interroger sa douceur toute particulière.

On haussera les épaules en prétendant avoir suivi la recette habituelle. Celle qui court depuis on ne sait trop quand sur la côte et ailleurs.

Les vrais gourmands conservent jalousement leurs secrets. Pour la bonne cause. Ils veulent qu'on revienne à leur table. Ils retiennent l'information pour préserver la joie d'offrir.

La collation des jours de pluie peut aussi se composer de chips de plantains faits maison, à déguster en buvant de la citronnelle chaude.

Là aussi, on prendra le temps. Celui de faire une fente sur le côté des plantains verts. Ensuite, on les trempera dans l'eau une bonne demi-heure, pour éviter d'avoir de la sève sur les doigts en les épluchant.

La sève des plantains tache les vêtements, difficiles à ravoir après. Pendant la préparation, la pluie continue de tomber. On a ouvert la fenêtre de la cuisine.

Une odeur de terre mouillée se mêle à celle des beignets ou à celle des plantains coupés en fines rondelles avant d'être plongés dans l'huile chaude.

Au moment de la dégustation, accoudé sur le rebord de la fenêtre, on se dit que c'est beau, un orage, quand on n'est pas dessous.

Soul food

À l'origine, la *soul food* n'est pas de chez nous. Enfin, pas sous cette appellation.

Bien sûr, n'importe quelle personne attachée à la cuisine de sa grand-mère, à celle de son terroir, aurait tout à fait raison de la considérer comme sa *soul food*, la nourriture qui touche et remplit son âme. Cependant, le terme se rapporte, avant tout, à la cuisine afro-américaine.

Une alimentation mêlant des éléments venus d'Afrique et d'autres, trouvés sur place ou importés d'Europe.

On raconte des histoires de déportés africains ayant conservé des graines dans leurs cheveux ou dans leurs oreilles durant le Passage du milieu, cette traversée qui les emmenait pour un voyage sans retour. Ceci est fort peu probable.

Les déportés avaient autre chose à l'esprit, et peu de latitude, lorsqu'ils étaient capturés puis vendus, pour ramasser des graines ou faire des boutures.

Les armateurs chargés de les convoyer songeaient évidemment à les nourrir à bord. Il ne fallait pas risquer de les voir tous mourir durant le trajet.

Aussi, les navires étaient-ils chargés, sur les côtes africaines, de tubercules tels que l'igname, qui sert encore aujourd'hui, dans la *soul food*.

C'est aussi par ces bateaux que le sorgho, les haricots rouges, le riz ou le gombo – appelé *kingang* en douala, *kingombo* en tshiluba, *ochingombo* en umbundu – furent introduits en Amérique.

La *soul food* prend donc ses racines dans la période de l'esclavage étasunien, en devenant un des tous premiers éléments de métissage entre des peuples appelés à vivre ensemble. De fait.

On sait que les esclaves servant dans les maisons des planteurs du Sud apportèrent leur savoir-faire et leurs plantes africaines sur la table. La descendance des colons anglais installés dans le Nouveau Monde ne s'en plaignit pas, tant elle était dépourvue de capacités culinaires, comme chacun le sait.

Puisque la civilisation est, d'après nous, surtout dans l'assiette, il n'est pas exagéré d'affirmer que les États-Unis doivent une partie de ce qu'ils ont de civilisation à cette cuisine imprégnée d'Afrique.

Ceux qui ont eu la chance de goûter la cuisine

créole de La Nouvelle-Orléans, qui n'a rien à voir avec les hot-dogs et les hamburgers, savent que cette vérité ne se discute pas.

Parmi les plats issus de la période de l'esclavage, citons : le *calalu*, qui se prépare également dans la Caraïbe, et dont le nom viendrait de l'appellation mandingue d'une plante proche de l'épinard, le *gumbo*, le gruau ou le *pone bread* proches des bouillies africaines et des gâteaux qu'on en tire en les moulant ou en les séchant, et le *jambalaya*, dont le nom viendrait de *tshimbolebole*, terme bantou dont l'origine exacte s'est perdue, les Bantous occupant aujourd'hui une bonne partie du continent africain, du centre au sud.

Concernant le *jambalaya*, plat unique mêlant riz et viande, emblème gastronomique de La Nouvelle-Orléans, précisons tout de même qu'il est de facture créole, et ne peut être considéré comme typiquement africain. Ce n'est ni du *foufou* ni du *ndole̠*.

Ce plat est vraiment le produit de la rencontre des cultures, mais on pourrait presque en dire autant de bien des mets africains, qui n'existeraient pas sans l'introduction sur le continent de plantes venues d'Europe ou du Nouveau Monde.

Les populations d'ascendance africaine ont donc métissé le contenu de leurs assiettes depuis des siècles, au point même, pour les Africains en particulier, de s'imaginer qu'ils se nourrissent comme le faisaient leurs ancêtres.

Il y a quelques années, un écrivain français d'origine camerounaise s'est attiré l'ire des Africains installés en France, pour avoir intitulé son livre : *Je suis noir et je n'aime pas le manioc*. On a crié à la traîtrise, au déni des origines.

Pourtant, il n'y a pas de raison objective qu'un Africain aime le manioc, tubercule implanté en Afrique par les Portugais qui le firent venir d'Amazonie, par les navires destinés au commerce des esclaves.

Cet aliment s'est si bien intégré aux cultures afro-caribéennes, qui ont épuisé les manières de l'utiliser, que le simple fait de prétendre ne pas en manger devient synonyme de complexe de couleur.

En réalité, les Africains les plus chauvins seraient bien incapables de dire ce que mangeaient leurs ancêtres avant l'arrivée du manioc. Il y avait autre chose, bien sûr, mais pour ce qui est des féculents, le manioc a détrôné tous les autres – à l'exception de l'igname.

Rien qu'au Cameroun, il est tour à tour *foufou*, *mio̱ndo̱*, *gari*, *mitumba*, *bobolo*, quand il n'est pas simplement épluché et bouilli. Aussi dangereux que cela puisse paraître, je connais même une personne qui n'hésite pas à le croquer cru...

Il est très vite apparu à ceux qui le goûtèrent les premiers qu'ils perdraient quelque chose à ne pas l'adopter. La tradition orale de nos peuples rapporte bien des histoires du temps jadis, mais aucune, cependant, où il soit question de tourner le dos aux aliments venus d'ailleurs.

Ainsi, il n'y eut jamais de manifestations contre le manioc. Les tribus les plus guerrières, celles dont la parole de nos pères rapporte la résistance face à la traite négrière, n'allèrent pas jusqu'à refuser le manioc. Certes, elles n'avaient aucune envie d'être déportées vers son lieu d'origine, mais ne voyaient aucun inconvénient à le manger chez elles.

Ce syncrétisme alimentaire prend parfois des allures étonnantes. Ce ne sont pas seulement les aliments qui se sont acclimatés à nos espaces. À certaines occasions, il est arrivé que des concepts soient chipés, détournés sans vergogne, pour devenir des notions tropicales.

C'est ainsi que, bien avant de savoir ce qu'était réellement la *soul food*, j'avais entendu le terme chez moi, à Douala. En fait, on ne parlait pas de ***la soul*** *food*. On allait à Soul food. Qui avait baptisé ce lieu de la sorte ? Les rues de la ville n'en savent rien.

En tout cas, elles ne me livrèrent jamais ce secret. Soul food était là, installé, faisant chaque jour le plein de gourmands. Il régna sur les estomacs pendant un bon moment.

Lorsque je quittai mon pays, il avait un peu perdu de sa superbe. La tôle du toit s'était faite un peu plus branlante, la rouille l'avait attaquée, mais enfin, l'endroit tenait bon. Durant toute mon adolescence, il s'agissait d'un espace dévolu aux initiés, en quelque sorte.

On en entendait parler, mais on n'y allait pas comme ça. Les gourmands gardaient l'adresse pour eux, et personne n'est jamais tombé dessus par hasard. Il fallait être invité. Ce qui signifie non pas que quelqu'un vous disait où le rejoindre, mais qu'il vous y emmenait. Être invité **à** – pas ***au***, ce n'est pas camerounais – Soul food, c'était un peu se faire remettre les clés du cœur de la ville. Celles de son âme, pourrait-on dire, en réalité.

À quoi ressemble l'âme d'une ville aussi turbulente et chaude que Douala ? Certains ont cru, croient encore, trouver la réponse dans les night-clubs clandestins où des filles se dénudent et font des choses dont nul n'a idée ailleurs. D'autres diraient qu'on apprend ce que Douala a dans le ventre en fréquentant ses innombrables « circuits », ces petits restaurants de quartier, parfois situés dans la cour d'un domicile particulier, qui servent aussi bien du caïman que du poulet DG[1].

Tous ces bavards se trompent. On ne leur en voudra pas. Il y a fort à parier qu'ils n'eurent pas, comme moi, le privilège de passer la porte de Soul food. Ce qui était difficile, ce n'était pas tant de la passer, que de la trouver. Elle était toujours ouverte, puisqu'il n'y en avait pas vraiment.

C'était une bicoque en *carabote* – déformation douala de l'anglais *cardboard*, qui signifie : carton –, c'est-à-dire en planches. Le toit était de tôle ondulée, il n'y avait pas de plafond. Lorsque le soleil était haut dans le ciel, on avait l'impression qu'il tombait tout entier dans la petite pièce.

Les fenêtres donnaient sur une route de terre, et on pouvait voir les gamins du quartier de Bali, vêtus de leurs *je m'assieds avant toi*[2], jouer pieds nus au football.

À Soul food, on s'asseyait sur de longs bancs de

1. Poulet DG, comme *directeur général*, parce que seuls les personnes bien rémunérées pouvaient se l'offrir.
2. Culotte trop grande car héritée d'un aîné, et dont le fond lâche se pose sur les chaises avant le postérieur de l'enfant.

bois. Dans la journée, on pouvait jouir d'un confort relatif. Le soir, quand c'était plein à craquer, chacun faisait comme il pouvait. Certains trouvaient à s'installer sur une souche, près de la cabane. D'autres restaient debout, leur assiette en émail en main, pas plus perturbés que ça.

D'ailleurs, quand il n'y avait plus d'assiettes, si on n'en avait pas soi-même apporté une, on acceptait de manger dans une feuille de papier, dans n'importe quoi. Ce qui comptait, c'était d'arriver à temps pour se faire servir sa ration.

Soul food était un temple, plus qu'un restaurant. Non pas parce qu'on y prêchait, ce n'était pas le cas. Les paroles prononcées étaient celles de conversations badines, celles des échanges entre les clients et la restauratrice. C'était un temple, parce qu'une fois le chemin trouvé, il était ouvert à tous. Personne ne regardait son prochain de travers.

Il y avait des nantis, faisant là une halte quotidienne, avant d'aller dîner en famille. Il y avait des miséreux, dont ce repas serait le seul de la journée. Tous étaient assis au même endroit, mangeant avec leurs doigts. Le même plat pour tous.

Soul food était un temple, parce que c'était le lieu de la ville où on préparait le mieux – divinement – ce repas pour démunis, qui est le joyau secret de notre gastronomie. Celui qui n'est à la carte d'aucun grand restaurant, mais dont tous les Camerounais se délectent dès qu'ils en ont l'occasion. Celui qui permet aux immigrés de survivre à l'étranger, même quand les vaches sont moribondes, pas seulement maigres. Les *BH*. Beignets, haricots. Oui, seulement cela. De la farine, de l'eau, de la levure, une pincée de sel, très peu de sucre. À peine quelques grammes. Et pour le jazz, personne ne connaît la recette de Soul food.

Dans l'après-midi, quand il n'y avait pas encore grand monde, tout cela cuisait dans de vieilles marmites dont le foyer avait noirci le fond. La nuit, quand les initiés débarquaient de partout pour communier autour des *BH*, on sortait des bassines métalliques qu'on avait transformées en énormes friteuses.

Les *BH* sont de deux sortes. Nature, ou à la farine de maïs et à la banane. Ils se mangent chauds, trempés dans les haricots rouges. Et quand on les avale, ce n'est pas dans l'estomac qu'ils descendent. Ils vous remplissent l'âme.

Ce Soul food des berges du Wouri portait bien son nom. Les *BH* sont en effet conformes à ce qui a façonné la *soul food* des Afro-Américains. Les mouvements des peuples, la migration des aliments.

La farine de blé utilisée pour les *BH* nature n'est pas africaine. Les haricots sont originaires des Amériques, et sont consommés sous diverses formes par les populations américaines de souche africaine.

Ce plat simple, préparé avec des ingrédients peu coûteux et faciles à se procurer, ne fait pas que rassasier. Bien sûr, pour les pauvres gens qui l'ont inventé, ce devait être l'objectif premier. Pourtant, il semble que des ingrédients invisibles, magiques, soient passés à travers la main qui les créa, pour en faire un mets savoureux et fédérateur.

Dans les *BH*, il y a l'endurance joyeuse de nos peuples. La capacité à fabriquer de la vie avec des petits riens. Le désir de savoir ce que demain apportera. La foi dans la vie.

Le Soul food a disparu, et nous ne sommes pas si nombreux à nous le rappeler. On trouve encore des *BH* à Douala, évidemment. Dans tous les quartiers. On en trouve dans d'autres villes du Cameroun, au coin des rues. Ils nourrissent les citadins. Ils permettent à des femmes démunies de gagner leur vie sans disposer, au préalable, d'un capital important.

Elles trouvent de la farine, deux ou trois petites choses, et s'installent aux abords des rues. Certaines font des beignets succulents mais, lorsque j'y goûte, il me manque quelque chose. L'ambiance du Soul food. Sa manière toute naturelle d'accueillir des personnes issues de tous les milieux. Une certaine douceur de vivre, en dépit des tracas. Un esprit de famille.

S<u>o</u>l<u>o</u>

Au départ, ça n'a l'air de rien. Juste de la morue salée, débarquée sur nos côtes il y a bien longtemps. Tout à fait entre nous, l'identité des hommes – il n'y avait pas de femmes à bord en ces temps, mais on se fournirait sur le rivage – qui apportèrent ce poisson des mers froides s'est perdue depuis. De même que les mobiles de leur venue. La morue est restée, cependant.

Son nom de *salt cod* ou simplement de *salted fish*, fut tropicalisé. Baptisée *s<u>o</u>l<u>o</u> fish* ou simplement *s<u>o</u>l<u>o</u>*, elle fut adoptée par les populations du littoral camerounais. C'est ainsi qu'elle côtoie, sur la longue liste de nos recettes, des poissons bien de chez nous. Ceux qui croient que l'eau est la première créature du divin et qu'elle est la matrice sans laquelle ils n'existeraient pas, savent qu'elle apporte tout. Le pire et le meilleur.

Pour Florence, le *s<u>o</u>l<u>o</u>* faisait partie du meilleur. C'était son plat préféré. Sa préparation semblait simple : il n'y avait qu'à dessaler la morue en la faisant bouillir, puis à la faire revenir dans de l'huile, avant d'y ajouter de la tomate. Concentrée en grande partie. Pas du tout un plat de riche, rien d'extraordinaire.

Pourtant, il était facile de rater son *sǫlǫ*. Parce qu'on avait retiré tout le sel, quand le piquant venait d'une très légère surdose d'iode. Parce qu'on n'avait pas bien choisi ses oignons, pas ôté le germe de l'ail, mis trop d'eau ou pas assez... Enfin, un tas d'erreurs qui privaient la chose du moindre intérêt. C'était pour toutes ces raisons que Florence avait décidé de départager ses soupirants en leur demandant de cuisiner du *sǫlǫ*.

Les garçons du quartier faisaient la queue devant chez elle. Dédaignant les autres filles, ils se battaient parfois jusqu'au sang pour obtenir ses faveurs. Florence les laissait faire et se prêtait au vainqueur, puisqu'elle ne se donnait pas tout à fait. Elle se souvenait des années de primaire, des moqueries de ses camarades dans la cour de l'école, parce qu'elle était frappée d'albinisme. Elle était la seule à devoir fuir le soleil, ce qui n'était pas une mince affaire pour une personne vivant en Afrique équatoriale.

À l'adolescence, tout avait changé. D'abord, le corps de Florence, et elle s'en était aperçue. Quand elle avait eu l'idée de se faire défriser les cheveux, tout le quartier s'en était rendu compte. On avait soudain trouvé un charme fou à ses yeux clairs qui ne pouvaient rien fixer. Le vacillement permanent de ses pupilles faisait chavirer les cœurs.

Florence était devenue la blonde des alentours. Un fantasme accessible, puisqu'elle était... noire. Ses traits en attestaient. Sa culture également. Elle savait ce qu'ils voulaient tous, et le leur faisait payer d'avance.

Toutefois, avec Hervé et Jules, les choses étaient un peu différentes. Ils lui plaisaient tous les deux. Lorsqu'ils s'adressaient à elle, Florence avait le sentiment qu'ils lui parlaient vraiment, qu'ils voulaient la connaître autrement que bibliquement. Il lui fallait s'en assurer.

Habituellement, c'étaient les jeunes filles qui espéraient conquérir les garçons en leur faisant à manger. Elles avaient délaissé les jeux de l'enfance, les boîtes de conserve dans lesquelles elles prétendaient faire cuire, sur de maigres brindilles enflammées, des repas comestibles.

Le moment était venu pour elles de se croire des femmes. On leur avait dit que cela se jouait en cuisine.

Être femme, c'était entrer dans la caste des alchimistes du goût, trouver le moyen de se révéler à l'autre à travers les plats qu'on lui présentait. Le tempérament des femmes, disait-on, avait à voir avec la saveur de leur piment. Non pas en raison des ingrédients qu'elles y incorporaient avant de le faire chauffer dans un peu d'huile d'arachide, mais bien de leur façon de l'écraser. Chacune se servait à sa manière de la pierre à écraser. Chacune avait « sa main », comme on disait.

Cette conception des choses avait un peu guidé la décision de Florence. Elle connaîtrait le cœur d'Hervé et celui de Jules, grâce au *so̱lo̱* qu'ils lui auraient préparé.

Lequel des deux le choisirait bien, c'est-à-dire, selon le goût de Florence, aussi sec que possible ? Lequel saurait le dessaler juste comme il fallait ? Lequel saurait quelles arêtes retirer et lesquelles laisser mollir dans la sauce pour qu'elles confèrent au mets un croquant inoffensif ? Lequel prendrait la peine d'ôter la peau pour ne laisser que la chair des filets, et cela, sans émietter le poisson ? Et surtout, lequel trouverait l'accompagnement le plus adéquat ? C'était, assurément, l'épreuve à laquelle soumettre les concurrents.

La jeune fille leur donna donc rendez-vous, l'un en présence de l'autre, dans la cour de la maison qu'elle habitait avec sa mère, sise à Deïdo plage. Ils furent ponctuels tous les deux, ne lui laissant pas le temps de rêvasser devant le bras du fleuve Wouri qui passait par là.

Les deux garçons se savaient en compétition. Ils ne se saluèrent pas. Elle leur apprit ce qu'ils devraient faire. Ils se gardèrent de protester. Aucun ne se plaignit de l'inversion des rôles, du fait que la demande de Florence risquait de leur faire perdre la face. Comment allaient-ils procéder pour la satisfaire sans que tout Douala sache comment ils s'y étaient pris ? Elle ne s'en soucia pas.

Pour les encourager, elle leur servit un mélange de jus de gingembre et de citron, avant de les convoquer au même endroit, sept jours plus tard. Ainsi, ils auraient le temps de se procurer de quoi faire leurs emplettes. La morue salée ne valait pas grand-chose, mais les jeunes gens des quartiers populaires ne recevaient pas vraiment d'argent de poche. À peine leur donnait-on de quoi se payer des beignets et de la bouillie de maïs le matin, avant de se rendre au lycée.

Hervé et Jules se privèrent de petit déjeuner pendant plusieurs jours. Toutefois, l'argent ainsi économisé ne suffisait pas à l'achat du *so̱lo̱* et de son accompagnement.

L'un emprunta ce qui lui manquait à des copains, contre des devoirs qu'il promit de faire à leur place. L'autre se rendit au marché central, où il vendit la paire de baskets reçue à Noël. Un fripier lui en donna un prix malhonnête, mais la somme obtenue convenait à ses projets.

Sans se passer le mot, ils décidèrent de préparer le repas le soir précédant la rencontre avec Florence. Cela leur évitait d'avoir à conserver le *so̱lo̱* trop longtemps. Encore fallait-il trouver l'endroit adéquat pour le faire : loin des regards de la fratrie et des parents, à l'insu des copains du lycée. Surtout, éviter d'avoir à fournir des explications.

Personne ne sait comment ils s'y prirent. On les vit simplement arriver le jour dit, aussi chargés que les vieilles *bayam selam*[1] du petit marché situé au lieudit Douala Bar. Hervé descendit d'un *bendsikin*, moto taxi qu'il avait enfourchée pour venir déposer, aux pieds de la belle Florence, le fruit de ses efforts culinaires. Jules apparut au même moment, par voie fluviale. Semblant surgir de la mangrove lointaine,

1. Revendeuses. Pidgin-english du Cameroun, déformation de « buy'em sell'em. »

il avait pris place dans la pirogue d'un pêcheur qui le laissa à Deïdo plage, devant la maison de Florence.

Sans en laisser rien paraître, la jeune fille trouva cette arrivée particulièrement poétique. Elle n'alla pas tout de suite jusqu'à donner quelques points d'avance à Jules. Il fallait d'abord goûter le *solo*.

Florence avait posé un vieux pagne à même le sable, à quelques mètres du fleuve. Elle s'y installa, tandis que les garçons vidaient leur cabas, disposant, chacun de son côté, ce qu'ils lui avaient apporté. L'air très modérément concerné par ce qu'ils faisaient, elle laissa son regard se promener le long de la rive, s'attacher au concours de plongeon des gamins du coin. Elle passa négligemment la main dans ses cheveux défrisés, arrangea une bretelle trop mobile du tout petit corsage jaune qu'elle portait sur un short en jean.

Cela perturba un peu la respiration des garçons, mais elle ne s'en aperçut pas, on l'aura compris. Ils eurent bientôt fini de disposer les plats autour d'elle. Chacun avait prévu une assiette et des couverts. Elle n'eut pas besoin d'aller en chercher. C'était la première étape de l'épreuve, et tous deux l'avaient franchie avec succès.

Ils avaient aussi préparé le même accompagnement pour le *solo*. Un demi-paquet de *miondo*[1] et des *misole* cuits à l'eau. Pourtant, un coup d'œil suffisait pour voir la différence. Hervé avait acheté des *miondo* communs, préparés par n'importe qui. Les feuilles dans lesquelles les bâtons de manioc avaient été emballés l'indiquaient.

C'étaient des feuilles de bananier, qui pouvaient convenir à ce mets, puisqu'elles servaient couramment de papillotes pour les aliments cuits à l'étouffée. Cependant, les *miondo* préparés conformément à la tradition l'étaient dans des feuilles appelées *bendomban* en langue douala. Plus solides que celles du bananier, elles avaient l'immense qualité de ne pas coller au manioc cuit. Elles s'en détachaient aisément et n'altéraient pas la saveur de la pâte.

Jules avait fait le bon choix, le plus exigeant aussi. Les feuilles de bananier étaient devenues très courantes, parce qu'elles étaient faciles à se procurer.

Florence regarda le tenue des *misole*. Ceux d'Hervé ressemblaient à de grosses chenilles jaunes.

1. Pâte de manioc légèrement fermentée, disposée en longues brindilles au milieu de feuilles dans lesquelles elle est cuite à la vapeur. Dans un paquet de miondo, on trouve vingt bâtons.

Ils étaient à la fois trop mûrs et trop cuits. Ils révélaient une personnalité immature, aimant encore trop le sucre et les bouillies. Ceux de Jules étaient fermes. Ils seraient à peine sucrés, et imposeraient l'effort de la mastication.

Chacun des jeunes hommes disposa ses *miondo* et ses *misole* sur une assiette, avant d'y déposer le *solo*. Florence ne laissa transparaître aucune émotion, lorsqu'ils ôtèrent le couvercle de leurs casseroles. À peine la vit-on y jeter un œil. Pendant qu'ils s'exécutaient, ils ne parlaient pas. Ni entre eux évidemment, ni à elle.

Une fois la recette de base maîtrisée, il y avait différentes manières d'accommoder la morue salée. Du point de vue de la belle, certaines dénaturaient le poisson, parce que les ingrédients ajoutés avaient trop d'épaisseur. On pouvait souhaiter donner plus de caractère au *solo*, mais il avait déjà le sien, et il fallait le respecter.

Il n'y avait qu'à regarder pour voir en quoi les deux préparations différaient l'une de l'autre. Aucun des jeunes hommes ne s'en était tenu au *solo* basique, qui avait la préférence de Florence. Elle aimait qu'ils se soient donné du mal pour faire quelque chose d'original, tout en déplorant que la finesse d'un plat préparé avec peu de chose leur échappe.

Le *solo* avait une sorte de grâce, à déployer sa chair fine sous un filet d'huile rougie par la tomate. Les oignons ayant fondu, les épices s'étant diluées, le poisson régnait comme il se devait sur le rivage, le reste ne venant que confirmer sa souveraineté.

Hervé avait mis des *pistaches*[1] écrasées dans sa sauce, ce qui l'alourdissait, la rendant aussi plus grasse. C'était la sauce d'un homme qui voulait vous river au sol, limiter vos mouvements. Son amour ne pouvait qu'être inquiet, et Florence ne voulait pas passer son temps à le rassurer.

Il ne lui fut pas possible de dire immédiatement ce que Jules avait apporté à la préparation originale. Sans y avoir goûté, tout ce qu'on pouvait dire c'était qu'il y avait un élément en plus, mais cela restait mystérieux. Était-ce seulement un peu plus de tomate fraîche que l'usage n'en réclamait ? Une larme d'huile de palme non blanchie ? L'ingrédient mystérieux ne signalait sa présence que par un semblant de consistance supplémentaire, conféré à la sauce.

La curiosité eut raison du flegme de Florence,

1. L'auteur ne connaît pas le nom occidental de ces graines que les Camerounais ont décidé tout à fait arbitrairement – et c'est leur droit – d'appeler : *pistaches*. Elles n'ont rien à voir avec les vraies pistaches. Leur nom douala est *ngond'a sengreti*.

la conduisant à goûter le plat de Jules. Les deux garçons suivirent sa main du regard, exhalant tous deux un même soupir, sans toutefois en partager le motif. Ils firent de ce geste la lecture qu'on peut imaginer. Il était évident que l'un d'eux venait de marquer des points.

La jeune fille avait des papilles entraînées. Elle reconnut chaque élément ayant contribué à la composition de la sauce. Oignons, ail, soupçon de gingembre parfaitement écrasé dont on ne sentait pas les fibres, piment trempé entier peu avant la fin de la cuisson pour qu'il n'éclate pas et ne laisse que son parfum... Puis, la clé du mystère : pas plus d'une demi-aubergine. Le supplément de tomate fraîche avait pour but d'en atténuer l'amertume.

C'était un choix risqué. Les *nginge* – car tel était le nom *sawa* de ces aubergines africaines connues pour leur saveur puissante – étaient loin d'être appréciées de tous. Chercher à conquérir une femme en lui proposant leur amertume, c'était avoir l'audace de ne pas lui promettre plus qu'on ne pouvait offrir. Lui dire qu'on pouvait avoir des moments d'aigreur, que ce serait normal, qu'on saurait se faire pardonner.

La quête du pardon pour les blessures non

encore infligées était dans ce qui accompagnait l'aubergine sans la masquer. Le goût légèrement sucré du concentré de tomate. La douceur des tomates fraîches. Le sel du *so̱lo̱* qui s'était diffusé dans la sauce.

Tout ce que Jules avait choisi d'intégrer au plat parlait de la vie, à la fois telle qu'elle était et telle qu'on la rêvait.

Florence évita de le regarder. Ses yeux la trahiraient. Or elle n'avait pas encore goûté le poisson lui-même. Sa tête lui disait de continuer à se montrer équitable, en prenant une bouchée du plat d'Hervé, avant de passer aux choses sérieuses.

Les commandements de son cerveau ne parvenaient pas à son cœur, et c'était le cœur, en cet instant, qui gouvernait la main de la jeune fille. Et cette main piocha de nouveau dans l'assiette préparée par Jules, tandis que Florence laissait échapper un soupir d'aise.

Le *so̱lo̱* avait été débarrassé de sa peau, avec assez de soin pour ne pas abîmer les filets. Sa texture fibreuse était préservée. Il avait été convenablement dessalé : ni pas assez ni trop. Quand elle se tourna du côté d'Hervé, ils surent tous les trois qu'ils s'étaient déjà tout dit.

Mwanja

Petite fille, j'avais horreur du poisson *frais*. Puisqu'il y a prescription, qu'il me soit permis de confesser cette attitude sacrilège pour une fille de la côte.

Je le mangeais frit : bar frit avec sa peau, rendue croquante et sèche, tandis que la chair restait fine, souple au-dessous. Braisé : sole ou maquereau marinés dans les condiments de rigueur, avant d'être déposés sur une grille, elle-même placée sur un foyer de charbon de bois. Ou encore fumé, dans des sauces diverses ou dans des légumes cuits – *ndole̱*, *bewole*, etc.

Enfin, je le mangeais séché : morue séchée, appelée *stock fish* par ceux qui eurent l'idée de la traiter ainsi, baptisée *mukandjo* par nos bouches, qui ne sauraient manger ce qu'elles n'ont pas elles-mêmes nommé. En dehors de cela, les sardines en boîte pouvaient, parfois, tirer leur épingle du jeu, en venant garnir un *pain chargé* respectable. Avec quelques lamelles d'oignons, elles se comportaient très correctement.

Tant que le poisson n'était pas *frais* – c'est-à-dire

préparé de façon à le maintenir quasiment dans le même état que quand il vivait sous l'eau – ça allait. Je me souviens de la moue de dédain, chaque fois qu'une assiette m'était présentée, dans laquelle le poisson, bien que nageant désormais dans une sauce ou dans un bouillon, me semblait cru.

La peau grise luisait de façon suspecte à mes yeux. La chose dardait sur moi un regard vitreux. La tête étant considérée comme la meilleure partie, celle qu'on donne aux hommes, bien sûr, elle était toujours mise en valeur. Et ces préparations sentaient vraiment trop l'étal du poissonnier. Quoi qu'on y ait mis, basilic, piment, épices en tout genre, le poisson *frais* dominait. Lui seul sentait.

Je ne sus jamais – et ne le sais qu'à peine aujourd'hui tant la mémoire de ces impressions d'enfance est vive – ce qui motivait l'engouement des adultes pour ces plats évoquant les coins les plus louches des fonds marins. Des endroits sans doute abandonnés des ancêtres, désertés des ondins et oubliés de l'Increé.

À ma décharge, on pourra néanmoins noter que j'avais été traumatisée par un poisson en particulier : le *yenda*, également appelé *mâchoiron*, nom aussi laid que la bête elle-même, et qui doit indiquer qu'il fut un temps où les humains n'étaient rien.

Nyambe hésitait entre celles de ses créatures qui auraient la haute main sur le monde. En ces temps que nous avons eu raison d'oublier, le *yenda* et ceux de sa caste étaient les maîtres du vivant. Jamais je ne m'enquis de savoir où on allait le pêcher, me contentant de penser qu'assurément l'eau apportait le pire et le meilleur.

C'est en rentrant de l'école, un jour, que je découvris le monstre à moustaches. Quelqu'un le nettoyait dans la cour, à bonne distance de la cuisine, pour empêcher la puanteur de contaminer toute la maison. Peine perdue.

L'attentat olfactif avait bien lieu et dispersait ses effets partout où cela lui était possible. Rien n'était épargné. On avait beau y aller avec de l'eau tiède, du citron, ce qu'on voulait, le monde entier, contraint et forcé par cette infection, poussait un dernier râle.

Après de longues opérations visant à le débarrasser de l'espèce de glaire qui le recouvrait, on fit cuire l'animal dans une préparation dont la simple idée amenait certains à se lécher les babines. Je ne comprenais pas qu'ils puissent y toucher, ayant senti l'odeur naturelle du *yenda*.

Dès ce jour, j'assimilai tout poisson *frais* à celui-là, et préférai m'affamer plutôt que d'en manger, les jours où rien d'autre n'était proposé. À cette résolution, il y avait cependant une exception. Minuscule, délicate, racée. Ni son curieux aspect ni son goût sauvage ne me rebutèrent jamais.

Il s'agit du *mwanja moto*, amas de petits poissons de taille inférieure à celle des éperlans dont on fait la petite friture. Dans la Caraïbe, ces petits poissons, appelés *titiris*, sont pêchés à l'aide d'une moustiquaire, aucun filet n'étant en mesure de les retenir.

Mwanja, en langue douala, c'est la plèbe. Dans l'ancien temps, elle seule se nourrissait de ces poissons considérés comme aussi insignifiants que ceux qui devaient s'en satisfaire. Du menu fretin pour petites gens. Je ne garde pas en mémoire la première fois qu'il me fut donné d'y goûter, ni ce qui m'amena à le faire, en dépit de leur fraîcheur manifeste.

Dans mes souvenirs de la côte, le *mwanja* est associé à la danse d'une vieille marchande de poissons, dans le petit marché de Douala Bar, à quelques pas de la stèle érigée pour honorer le *king* Betotè Akwa. Nous disons *king* plutôt que roi, parce que les Français étant arrivés bons derniers sur nos rives, leur langue imprégna très peu la nôtre.

Comme à notre habitude, nous nous mîmes en

bouche le mot anglais, qui se prononce *kingué*, en douala. Cette vieille était donc là, ses poissons posés en petits tas sur une bâche, à même le sol boueux. Ce n'était un problème ni pour elle, ni pour les piétons, ni pour les véhicules de toutes sortes qui passaient dans les parages. Vêtue de bleu marine, ce qui signifie qu'elle était veuve, un foulard noir lui enserrant les tempes, elle esquissait une danse saccadée en hélant le chaland, sur un thème qui avait dû lui venir spontanément :

« *Mwanja moto 25, 25, 25, mwanja*[1]... »

C'était l'après-midi. Personne ne lui accordait la moindre attention. Moi-même, je me rendais chez un disquaire qui avait son échoppe non loin de là. Un lieu magique, totalement improbable, où je pouvais trouver la soul scandinave de Titiyo, ou les albums de Loose Ends.

L'énergie de cette femme me fit ralentir à sa hauteur. Sa ferveur au milieu du tumulte urbain, son visage impassible – une femme bien élevée ne mettant pas son sourire à disposition, et surtout pas à titre gracieux –, tout cela semblait signifier que le monde pouvait tourner à la vitesse qui lui plaisait.

1. La marchande annonce le prix. La portion de *mwanja moto* pour 25 francs CFA.

Qu'on pouvait dire *vingt-cinq* au lieu de *mwaba na itanu*.

La culture demeurait. Tout ce qui avait précédé. Ce qu'on portait au fond de soi avant même d'être né. Dans ses intonations, dans la cadence de ses pieds, il y avait des époques à la fois révolues et totalement ineffaçables.

Ce jour-là, je n'ai pas acheté de *mwanja moto*. Les adolescentes en route pour le magasin de disques où elles trouveront de quoi se connecter avec la modernité ne s'embarrassent pas du poids de petits poissons.

Pourtant, le *mwanja moto* fait partie des quelques aliments que je ne mange que sur ma terre. Jamais, depuis que je vis en France, je n'ai acheté d'avocat, de papaye, de mangue ou de maïs grillé.

Pour moi, leur saveur est liée à l'atmosphère particulière des berges du Wouri, ce fleuve qui traverse la ville de Douala pour se jeter dans l'océan. Il y a des choses qui voyagent mal, qui ne devraient pas prendre l'avion. C'est dans leur milieu naturel qu'il faut les découvrir, et comprendre en les goûtant ce que sont les gens qui s'en nourrissent.

Une fois nettoyés, nos petits poissons sont égouttés et mis à macérer quelques minutes dans un mélange d'ail, de gingembre, de piment, de *ndjangsang* et de *pebe* écrasés. Ces deux derniers ingrédients sont les plus importants, le reste dépendant du goût de chacun.

Ensuite, le mwanja est placé dans une casserole à fond épais, contenant de l'huile de palme et, parfois, un brin de citronnelle. L'adjonction de basilic, elle, n'est pas facultative.

Les proportions s'évaluent, comme pour toutes les préparations, de façon extrêmement simple : à l'œil et au toucher. Si on sait cuisiner, on se passe de verre doseur et de tout ce qui peut y ressembler. On regarde, on sent, on sait.

Sauterelles

Un jour, alors que la cloche venait de sonner l'heure de la récréation, je me suis un peu attardée en classe, avec une camarade. Vêtues toutes les deux de nos uniformes du collège Libermann de Douala – corsage rouge à pois blancs, jupe en tergal d'un bleu grisé –, nous parlions de choses et d'autres.

Avant de quitter la salle de classe, elle sortit un en-cas de son sac, me le tendit pour le partager avec moi. Dans un cornet fait de papier journal, il y avait des choses brunes que je ne connaissais pas, mais dont la vue ne me rebuta pas particulièrement. J'y plongeai la main, plus par gourmandise que pour ne pas la vexer.

Je trouvai cela succulent, étonnée par la texture de ces petites choses qui semblaient se déplacer doucement sur ma langue. Elle m'apprit qu'il s'agissait de termites. Je n'étais même pas certaine d'en avoir vues vivantes. Celles-là ne l'étaient pas. Elles avaient été prises, je ne cherchai pas à savoir comment, puis séchées.

J'en repris et les avalai goulûment, leur trouvant

une saveur proche de celle du *dibanga*, ces petites crevettes séchées qui parfument tant de sauces sawas. Ma camarade n'était pas originaire de la côte, mais je ne fus pas choquée d'apprendre que certaines fourmis se mangeaient également dans sa région.

Après tout, les Camerounais savent que nos compatriotes du centre et du sud, les plus proches de la forêt, sont friands de chenilles blanches et grasses. Il s'en vend de pleins paniers sur les marchés de Yaoundé. Les habitants de cette zone du pays en font des brochettes, et d'autres choses que, même par curiosité, je ne m'aventurai pas à connaître.

Ces chenilles-là rappellent de gros vers, et si on les dit nourrissantes parce que bien grasses, il faut tout de même avoir été élevé dans leur voisinage pour être en mesure de les envisager comme nourriture. Dans leur voisinage, mais aussi, probablement, dans une forme de désolation.

La première fois que les peuples de la forêt se sont nourris de chenilles, cela devait être après des semaines de retour bredouilles de la chasse. Le gibier habituel s'était fait récalcitrant. Les esprits, pour une raison ou une autre, n'avaient pas aidé la chasse.

Il n'était resté que le miel des abeilles, à cueillir en les enfumant pour les étourdir sans les tuer, et les chenilles grouillant au cœur des arbres. Il n'y eut que cela, on fit avec, on se mit à les apprécier.

Ce n'est pas, loin de là, la famine qui nous poussa, mes sœurs et moi, à sortir un soir pour traquer des sauterelles jaune et vert qui voltigeaient sous un réverbère. Il y en avait tant qu'elles assombrissaient presque la lumière. Les enfants qui sautaient pour les attraper semblaient des ombres géantes, de là où nous étions. Pourtant, leur liberté, leur sans-gêne, le peu de cas qu'ils faisaient du monde qui les entourait, tout cela nous fit envie.

Ce devait être un soir inhabituel à bien des égards, puisque notre mère, généralement inquiète de ce qui pouvait nous arriver hors de la maison, nous autorisa à nous joindre à la troupe. Elle avait elle-même fait la chasse aux sauterelles quand elle était petite fille, et, si nous arrivions à en prendre suffisamment, elle nous montrerait comment les cuisiner. C'était un défi.

Ces insectes ne se chassent pas à l'épuisette, et personne n'en avait. Il fallait sauter assez vite, assez haut, pour les cueillir à l'instant où elles approchaient l'éclat du réverbère. Ensuite, il fallait les introduire dans une bouteille vide, la reboucher, continuer à faire des bonds jusqu'à ce que la bouteille soit pleine.

Nous étions trois fillettes énergiques. En y repensant, je me dis que si maman nous autorisa à sortir ce soir-là, c'était pour avoir un peu de paix.

Lorsque nous rentrâmes à la maison, les sauterelles commençaient à faiblir dans la bouteille où nous les avions incarcérées. Elles manquaient d'air et ne s'échappèrent pas, nous laissant tranquillement les déposer dans une poêle chaude, sans matière grasse, sans les avoir débarrassées de leurs ailes qui se détachèrent sous l'effet de la chaleur. Une pincée de sel suffit à les assaisonner.

Au fur et à mesure de la cuisson qui ne dura que quelques minutes, le petit abdomen des insectes se mit à suinter d'une graisse fine qui les fit dorer. Il n'y avait à manger que la tête et ce petit ventre, mais ce fut bien assez pour attendre le dîner.

Et ce fut un régal.

Ndole

Lorsqu'un homme est épris de vous et qu'il commence à envisager de passer ses jours à vos côtés, il vous demande un *ndole*. Rien ne permet d'affirmer que ce soit en raison de la proximité du nom de ce plat avec le mot *ndolo* qui signifie amour. Ce qui est certain, c'est que, sans s'en apercevoir, l'individu prend un risque considérable. En effet, la couleur et la texture du *ndole* sont telles qu'on peut y dissimuler n'importe quel poison sans que cela se remarque.

Il se murmure à Douala et dans les environs une quantité infinie d'histoires d'envoûtement par le *ndole*. Généralement, on ne le mange que chez des personnes de confiance. Enfin, à l'origine. Parce que le *ndole* est devenu l'emblème gastronomique du pays tout entier. Il est servi dans tous les restaurants camerounais. Ceux qui se respectent comme ceux qui font simplement illusion.

Il n'y a qu'à insérer le mot dans un moteur de recherche pour trouver toutes sortes de recettes farfelues. Des ajouts étranges comme ceux de la tomate ou du poivre. D'impardonnables oublis, comme celui des oignons frits qu'on verse sur la préparation au moment de servir. Eh oui, avec leur huile.

Le *ndole̱* n'est pas franchement diététique, et si on veut en manger, plutôt que de le dénaturer, il vaut mieux prévoir quelques séances de cardio-training pour expier. On peut supposer que les messieurs qui réclament ce plat à leur dulcinée souhaitent lui soutirer la preuve de l'attention qu'elle leur portera s'ils s'engagent. Ils veulent également tester son aptitude à la soumission, au don total de soi-même.

Contrairement à ce qu'on entend ici et là, il n'est pas difficile à réaliser. Cependant, une patience à toute épreuve est requise. Par exemple, les arachides servant de base à la préparation doivent être fraîches, crues, revêtir leur peau. On les fait bouillir pour qu'elles cuisent, et c'est seulement ensuite qu'elles sont épluchées. Cette opération prend un temps fou, dans la mesure où pas une pelure ne doit subsister.

Il va sans dire qu'en ces temps où les femmes ont de multiples obligations, elles témoignent de bien plus qu'un simple intérêt pour un homme en acceptant de lui faire un *ndole̱*. Parce qu'il faudra, quand on sera venu à bout de la peau des arachides, s'armer de sa pierre à écraser pour en faire une pâte.

Heureusement, il existe de nos jours bien des voies de contournement : utiliser un mixer, acheter au marché central des arachides écrasées devant vous, ou les choisir réduites en poudre et y incorporer de l'eau.

Toutes ces tricheries doivent être soigneusement dissimulées. L'homme ne veut pas seulement du *ndole*. Il veut que le plat soit préparé à l'ancienne, comme le faisait sa grand-mère sur le foyer de sa cuisine aux murs en tôles, à côté de l'habitation principale. Or cela ne se peut.

On ne va pas se faire manucurer pour, la minute d'après, se métamorphoser en mama africaine des âges féroces. Notre conseil est d'avoir chez soi une pierre à écraser, de toujours la laisser bien en évidence dans la cuisine, et de trouver une cachette sûre pour le mixer.

Malgré tout, il demeure une tâche lourde à laquelle on ne pourra échapper : le nettoyage des feuilles. Les *vernonias*, nom savant du *ndole*, sont bien connus pour leur amertume. D'abord, il faut savoir les choisir. Préférer la variété à grandes feuilles, ce dont on ne peut s'assurer quand on achète un *ndolè* cueilli par d'autres, vendu déjà coupé et surgelé.

Le gros ennui avec les légumes surgelés, auxquels la femme de notre époque doit recourir si elle ne veut pas élire domicile dans sa cuisine pour l'éternité, est le suivant : présentés sous cette forme, on ne sait quelle est leur nature exacte.

L'emballage porte la mention *ndolè*, mais cela ne garantit rien. Il n'y a pas de contrôles. Et il arrive fréquemment qu'en les goûtant, on se rende compte que leur saveur n'a rien à voir avec ce qu'on pensait avoir acheté.

Et, même s'il s'agit réellement de *vernonias* – coupés en fines lamelles, lavés et congelés –, ce serait une grave erreur de se fier à la méticulosité de l'industriel, quant au nettoyage. Il faudra donc prendre le temps d'effectuer soi-même le travail, qui consiste à faire bouillir les légumes avec du sel gemme pour en ôter l'amertume sans en altérer la couleur verte.

Ce serait évidemment trop facile, s'il suffisait de les faire bouillir. Il faut changer l'eau, au moins deux fois. Et faire attention, parce que l'ébullition a tendance à provoquer un raz-de-marée de mousse verte sur les brûleurs de la cuisinière.

Celles qui désirent préparer leur *ndolè* en une

seule journée devront se lever de bonne heure, chacun l'aura compris. Parce que, avant même de batailler avec la peau des arachides et le nettoyage des feuilles, il faudra avoir apprêté les autres éléments entrant dans la composition du plat :

— morue séchée – *stock fish*, appelé *mukandjo* en douala – qu'on aura pris soin de tremper durant quelques heures pour la ramollir et lui restituer sa consistance ;

— crevettes fraîches débarrassées de leur tête et de leurs écailles ;

— crevettes séchées qu'on écrase soi-même pour s'assurer de ce qu'on incorporera dans la sauce, la poudre vendue dans le commerce en ayant la couleur mais pas forcément la saveur ;

— un autre poisson pour enrichir le mets et faire honneur à celui qui s'est enfin aperçu que vous étiez la chance de sa vie, capitaine fumé par exemple ;

— huile d'arachide, oignon, ail, bouillon de bœuf en cubes (seule la marque Maggi convient, toutes les femmes *sawas* le savent).

Allez, faites-lui plaisir, il n'y a aucun mal à cela. Cependant, n'oubliez pas de penser à vous. En réalité, ce monsieur n'a aucune envie de vous voir échevelée, ni les ongles rongés par la pierre à écraser.

Alors, organisez-vous. Prévoyez le coup. Ne sacrifiez jamais une demi-journée – au bas mot – à la préparation de votre *ndolẹ*. À vos heures perdues, lavez vos légumes, essorez-les, conservez-les en bonne quantité au congélateur. Vous en sortirez une part chaque fois que nécessaire.

Procédez ainsi avec les arachides également. Vous pouvez même aller jusqu'à conserver des portions de sauce d'arachide toute prête, assaisonnée comme il faut. Trempez la morue la veille, ou remplacez-la par de la viande. Le *ndolẹ* est un plat de la côte : il a l'esprit ouvert et sait tout accueillir. Il préfère le poisson, mais sait se tenir devant des viandes, qu'elles soient de brousse ou d'élevage.

Quand l'individu viendra, comme ils le font toujours, vérifier que vous respectez à la lettre les usages ancestraux, faites en sorte qu'il vous voie jeter les crevettes fraîches dans le *ndolẹ*. Ce sera assez.

Ensuite, vous ferez revenir les oignons dans un peu d'huile de palme bien blanchie. Il verra alors en vous, non pas une femme déterminée à le tuer à petit feu en lui bouchant les artères, mais une farouche gardienne de la tradition.

Une fois à table, vous lui déferez ses *miondo*, ce qui achèvera de le convaincre que vous feriez n'importe quoi pour lui. Il n'aura pas tout à fait tort, quelles que soient les ruses employées pour vous alléger la tâche.

C'est pourquoi nous ne saurions que trop vous inviter, avant de vous lancer dans ce périple culinaire, à vous assurer que celui pour qui vous entreprenez cette traversée le mérite.

Nul ne doit goûter de votre *ndole* sans avoir fait ses preuves au préalable. Dans tous les domaines.

Avocat

Le garçonnet *calculait*[1] un petit avocat un peu flétri. Il le voyait de loin, au coin d'une bâche posée à terre. La marchande l'avait placé là, près d'une pile de fruits plus présentables, et comptait bien s'en débarrasser. Elle devait réserver ce tas d'avocats à une cliente distraite ou impolie. D'une main leste, elle saisirait le vilain fruit, le glisserait parmi les autres.

Il se disait que le lui chiper ne serait pas un vol. Pas un de ceux que la Bible réprouvait. Il imaginait déjà la chair du fruit sur une tranche de pain. Et s'il ne trouvait pas de pain, il saurait se contenter de l'avocat rabougri.

Il y avait si longtemps qu'il n'avait pas mangé que les parois de son estomac s'étaient collées l'une à l'autre. À l'intérieur, ça ne gargouillait plus. C'était simplement sec. Il devait avaler quelque chose.

Heureusement, personne ne le connaissait ici. Il

1. Au Cameroun, signifie : *avoir des vues sur*.

avait l'habitude de traîner ailleurs : devant la boulangerie Zepol, ou à quelques pas de l'Akwa Palace.

Mais voilà : depuis peu, des vendeurs de bijoux à la sauvette avaient élu domicile devant la boulangerie, et chassaient les mendiants.

Quant aux abords du grand hôtel qui n'avait plus rien d'un palace, ils étaient infestés de trafiquants d'un genre nouveau. Des types qu'on allait voir pour troquer des euros ou des dollars contre des francs CFA.

Les temps étaient durs pour les enfants des rues. La hausse du prix des matières premières avait asséché le cœur des femmes qui vendaient de la nourriture sur les trottoirs. Elles n'avaient plus un grain de riz à offrir en fin de journée. Même contre services, elles ne vous tendaient plus un vilain morceau de caramel aux arachides grillées.

C'était pareil avec les vendeurs de brochettes. Ils recyclaient la viande avariée en la faisant mariner dans des tonnes d'épices, et n'étaient pas disposés à en donner le moindre morceau. L'enfant soupira. Quoi qu'il arrive, aujourd'hui, il mangerait. De l'avocat. De ce petit avocat-là. Il lui fallait élaborer une stratégie.

Ce ne serait pas difficile de s'emparer du fruit, puis de détaler avec. Il était presque certain de courir assez vite pour ne pas se faire prendre. La peur du châtiment infligé aux voleurs lui donnerait des ailes. Il n'avait aucune envie de finir pendu à un poteau électrique, ni que la foule lui enfonce du piment dans les yeux après l'avoir roué de coups.

En revanche, il était nécessaire de trouver le moyen d'approcher l'étal de la marchande sans qu'elle se méfie. Il l'observa un moment, pour savoir quel genre de personne elle était.

Comme les autres, elle était aux aguets. Elle ne risquait pas de s'endormir sous son parasol défoncé. Elle s'éventait nonchalamment à l'aide d'un morceau de carton, mais sa nonchalance n'avait rien à voir ni avec de la paresse, ni avec de la fatigue.

Au contraire, cette indolence appliquée était le signe que la femme ménageait ses forces, et que le souffle ne lui manquerait pas, si elle devait crier au vol. Un instant, il songea à se faire passer pour fou.

Il y avait des tas de malades mentaux dans les rues de la ville. Puisqu'on acceptait de les voir déambuler nus, on pouvait peut-être les laisser chaparder ?

Il abandonna vite ce projet. Il était trop tendu, trop affamé pour jouer la comédie. Et fous ou pas, les voleurs ne s'attiraient généralement aucune sympathie. En ces temps de crise, ils servaient, comme n'importe qui, d'exutoire aux frustrations des pauvres gens.

Tout près de la marchande d'avocats, une jeune fille, assise sur un casier de bières retourné, épluchait lentement des épis de maïs avant de les faire griller.

Le gamin les imagina aussitôt sous ses dents. Il lui était déjà arrivé de dévorer du maïs cru. Ce n'était pas mauvais, lorsque le maïs était bien mûr. Les grains expulsaient un jus assez doux, et se laissaient tranquillement avaler, sans vous donner la colique.

De toute façon, son estomac de petit errant était habitué aux repas rudes. Seule la faim lui faisait mal au ventre. Il concentra de nouveau son attention sur l'avocat chétif.

C'était l'heure où le soleil donnait la pleine mesure de ses moyens. Il envoyait des rayons forcenés sur les vivants. Chacun économisait son énergie pour ne pas défaillir.

Aussi les clients du marché traînaient-ils la patte d'un étal à l'autre. Les femmes, en particulier, lambinaient lourdement. Il leur fallait transporter leur postérieur volumineux, tout en évitant de se noyer dans la transpiration.

Le petit résolut de suivre une de ces femmes. Il

allait se fondre dans un de ces énormes derrières. On le verrait à peine. S'il se décalait un peu sur le côté, il aurait l'air d'accompagner la dame.

D'accord, il était sale, loin de porter beau, avec son short troué et ses pieds crottés, mais les nantis n'avaient pas la réputation de soigner la mise de leurs domestiques.

Il repéra son élue. Une *bien nourrie*[1] vêtue d'un *kaba*[2] à l'effigie du chef de l'État. Elle se dirigeait pesamment vers les étals de fruits et légumes. Elle allait passer devant les avocats situés au début de la file, avant de poursuivre ses achats.

Il pria pour qu'elle ait envie d'avocats, tout en se faufilant à travers la foule pour s'approcher d'elle.

Par chance, elle allait encore plus lentement que la plupart des autres clientes, ne semblait pas accompagnée. Il eut vite fait de la rejoindre, et se mit à arpenter le sol boueux à ses côtés, prenant soin de ne pas se faire remarquer.

À la hauteur des avocats, elle s'arrêta. Lui aussi. Elle salua la marchande, demanda :

1. Grosse femme.
2. Vêtement des femmes doualas du Cameroun, créé par l'épouse du missionnaire anglais Alfred Saker (1814-1880). Le mot *kaba* est une déformation de l'anglais *cover*.

— *Mami, ha mos kon*[1] ?

C'est à ce moment-là qu'il se pencha, aussi vif qu'un souffle de brise venu du Wouri, qu'il s'empara de l'objet de ses convoitises, avec la dextérité d'un ouistiti espiègle. Plutôt que de courir droit devant lui, là où la foule se pressait, risquant de se resserrer en étau autour de lui, il bondit en arrière. Se retournant prestement, l'enfant fonça vers la chaussée.

Quand les deux femmes se mirent à crier, l'une pensant qu'on lui avait dérobé son portefeuille, l'autre s'étant aperçue qu'un fruit lui manquait, il sautait par-dessus le capot d'un taxi jaune qui venait de s'arrêter. À aucun moment, il ne se retourna pour voir combien ils étaient à ses trousses.

Il valait mieux ne pas le savoir. Ses pieds nus volaient au-dessus des ornières, des tessons de bouteilles, des tas d'ordures. Il serrait l'avocat dans sa main droite, courait sans direction précise. C'était la première fois qu'il volait, et Dieu savait qu'il n'était pas un mauvais garçon. Il aurait payé s'il avait eu de quoi.

Il atteignit un carrefour, tourna à droite sans

1. Pidgin-english du Cameroun, vient de l'anglais *How much does it cost* ?. Signifie : Madame, combien cela coûte-t-il ?

réfléchir. Le cœur battant à lui faire exploser la poitrine, il se jura de ne plus recommencer, tout en sachant qu'il le ferait à nouveau, si des journées de famine l'y poussaient. Il ne se sentit pas glisser. Une fois à terre, il vit l'avocat rabougri rouler à toute vitesse vers une rigole.

Alors qu'il commençait à peine à se dire que ce n'était pas grave, qu'il n'y aurait qu'à le nettoyer s'il tombait dans l'eau stagnante, une voiture vint écraser le fruit. Il aurait voulu se confondre avec la terre qui recueillait la chair verte, les éclats du noyau, la peau déchirée. Il avait envie de plonger les doigts dans cette pulpe mêlée de poussière, de mâcher cette pâte grumeleuse.

Sans en avoir conscience, il se mit à ramper vers ce qu'il restait de son premier repas depuis plusieurs jours. Il n'entendait ni les véhicules à l'approche, ni la voix de ceux qui, l'ayant suivi jusque-là, criaient :

— Arrêtez-le !

— Au voleur !

Gari

Aujourd'hui, la cour de la maison est noire de monde. Plusieurs enfants de la famille, récemment entrés dans l'adolescence, viennent de recevoir le baptême au temple de Bethel. Le pasteur, tout en les bénissant, les a plongés dans un bassin, ils ont bu la tasse, et reçu l'Esprit saint. En sortant de l'eau, leur longue robe blanche totalement trempée, ils étaient des êtres neufs. On s'est réjouis. On a chanté.

Pourtant, c'est maintenant que les choses sérieuses commencent. Les femmes de la famille, toutes celles qu'on connaît et toutes celles qu'on n'a jamais vues, sont présentes. Parce qu'elles ont passé des heures à préparer les montagnes de nourriture qui sont là, elles se croient autorisées à vous pincer la joue, à vous raconter le bébé que vous étiez, à s'indigner du peu d'intérêt que vous semblez porter aux anciens.

Vous n'en avez cure. Tout ce que vous avez à l'esprit alors que la foule se bouscule autour des buffets dressés pour l'occasion, c'est de trouver le plat de *gari* avant que les grandes personnes l'aient vidé.

Votre petite taille vous permet à peine d'accéder à la hauteur des tables, et tous ces gloutons ne se soucient guère de vous. Qu'à cela ne tienne, vous avancez.

Contrairement aux autres enfants, vous dédaignez les bassines remplies de *beignets soufflés*. Habituellement, quand il y en a, vous vous précipitez, leur faites un sort.

Ce sont des beignets de fête. On ne les prépare que pour les anniversaires, les mariages, les baptêmes. Ils sont plus riches que ceux que vendent les marchandes des rues, mais leur parfum de muscade et de citron vous indiffère ce jour.

Vous n'accordez pas la moindre attention aux *pancake*[1], ni aux *misole̱* frits, dont un monticule odorant jouxte un des innombrables plats de cuisses de poulet frites, elles aussi. Quelqu'un vous appelle. Vous faites la sourde oreille. Si d'aventure on vient vous tirer par le col de votre petite chemise blanche, vous prétendrez n'avoir rien entendu.

1. Nom douala des crêpes. Dans notre prononciation tropicalisée, la marque du pluriel anglais a été effacée.

Un son de *makossa* a remplacé le chant des chorales dont les harmonies vocales emplissaient le temple durant la cérémonie. La musique se mêle à l'incessant bavardage des invités. Votre surdité est parfaitement plausible. Vous avancez.

Les jeunes baptisés sont assis à la même table. Ils se remettent joyeusement de leurs émotions. Ils trempent leurs *mio̱ndo̱* dans un *ndole̱* au capitaine fumé. Ils reprennent du *Top*, soda local chimiquement coloré.

Vous ne les enviez pas vraiment. Vous n'avez pas encore reçu le sacrement dont on prétend qu'il donne sens à l'existence, et n'êtes pas pressé. Vous avez bien vu, tout à l'heure, que votre frère aîné n'en menait pas large. Il a cru mourir dans ce bassin, et s'il n'avait craint les moqueries, il aurait laissé échapper le hurlement terrifié qui lui brûlait les entrailles.

Vous ne l'avez pas trouvé très élégant, dans sa chasuble mouillée, quand il a rejoint ceux qui avaient, avant lui, manqué la noyade afin de renaître.

Non loin de la table de ces jeunes gens se trouve celle des hommes de la famille. Enfin, ceux qui comptent vraiment. Pour les autres, il n'y aura pas de place assise. Pas même sous les bâches tendues dans le jardin et sur un bout de la rue, où des chaises ont pourtant été installées. Il n'y en a jamais assez, parce que les familles s'étendent singulièrement les jours de célébration.

Les hommes dégustent des plats villageois, rustiques, qui les feront bientôt piquer du nez dans leur assiette : *miele ma sese*[1] recouverts de sauce d'arachide, *ekok'a mbasi*[2] zébré de *bélembe*, accompagné de manioc bouilli, sauce d'aubergines et ses patates douces... Bien des choses encore, que vous ne connaissez pas. Ils boivent du vin de palme et de la bière. Ils parlent fort, ils en ont le droit.

Votre grand-mère a invité les membres de son *mwemba* – groupe de femmes appartenant à la même classe d'âge, et qui font des tontines pour s'entraider. Elle les a installées tout près de la table des hommes, parce que les femmes âgées sont les égales des hommes et, peut-être aussi, pour que le *yenda* braisé qu'on portera bientôt à ces messieurs ne leur échappe pas.

Puisque la tête du poisson est un morceau de choix, elles voudront bien la leur laisser, et se

1. Plantains cuits à l'eau et passés dans l'huile de palme.
2. Maïs grossièrement écrasé et cuit dans des feuilles de bananier. Assaisonné avec de l'huile de palme, diverses épices, des crevettes séchées et des feuilles de macabo (bélembe).

contenter des filets et de la queue. Elles ne le disent pas, mais elles sont persuadées de gagner au change. Le *yenda* braisé est rare et succulent. Elles parlent plus qu'elles ne mangent pour le moment.

Elles promènent le regard sur les invités, surtout sur les *femmes d'aujourd'hui*, comme elles disent, qui n'ont aucune tenue et qui ne savent rien faire. Vous ne leur demandez pas de lever leurs gros derrières pour aller donner un coup de main, puisqu'elles savent si bien comment opérer. Vous ne le dites pas, mais vous le pensez.

Vous cherchez toujours le *gari*, et si l'odeur qui flotte dans l'air vous écœure un peu, à charrier autant de parfums incompatibles les uns avec les autres et néanmoins mêlés, votre détermination demeure intacte.

Le *gari*, vous en mangez assez souvent. Vous versez de l'eau sur ses granules jaunes, les regardez gonfler, avant d'y ajouter quelques morceaux de sucre et des arachides grillées. C'est l'un de vos goûters favoris. Vous l'aimez aussi blanc, quand les grains n'ont pas été passés à l'huile de palme. Sous cette forme, c'est avec du lait que vous le dégustez.

Vous pourriez donc attendre un autre jour. Il y en a toujours un peu à la maison. Parfois, il arrive que votre mère l'assaisonne. Elle laisse gonfler la semoule de manioc dans de l'eau et, pendant ce temps, elle prépare une sauce à la tomate dans laquelle elle incorpore deux œufs battus. Lorsque c'est prêt, elle verse la sauce sur la semoule. Vous n'aimez pas trop cette recette fruste, qu'elle dit tenir d'une femme originaire de l'ouest du continent.

En revanche, vous l'avez vue ce matin, en compagnie de vos tantes, cuisiner un *gari* tout à fait inédit. C'est ce plat-là que vous cherchez. Rien d'autre ne vous attire. Vous n'êtes pas sûr qu'elle vous en ait gardé une part, comme elle l'avait promis.

Quand les tantes sont là, ce sont elles qui commandent. Or elles lui ont reproché de trop vous gâter, de céder au moindre de vos caprices. Elle ne leur a pas répondu, et vous savez que seule, elle ne pouvait faire le poids, au moment de servir, si l'une d'elles décidait de mettre le tout à la disposition des invités.

En marchant, vous songez à la grande poêle où le *gari* attendait l'heure du service. Jamais vous n'aviez vu la semoule ainsi, à peine humide, parsemée de crevettes, très légèrement rougie par la tomate. Le fumet vous en est resté dans les narines et, tout à l'heure au temple, alors que les jeunes gens recevaient l'Esprit, vous n'aviez rien d'autre en tête.

Tandis que les chants s'élevaient, que le pasteur sermonnait, vous aviez une vision de cette semoule jaune, apparemment croquante, puisque très peu mouillée. Ces crevettes dessus, qui semblaient vous adresser un message.

Vous atteignez le jardin, le toit de fortune que forment les bâches, cette foule d'inconnus qui sont votre famille, clans paternel et maternel réunis comme rarement. Le brouhaha des voix, la chaleur, l'énervement des jeunes femmes qui passent, les bras chargés de plats, tout cela vous donnerait le tournis, si votre quête n'était pas si intense.

Soudain, vous le voyez. Là-bas, dans un gros saladier que tient une des jeunes femmes. Elle s'approche d'une table, sert une dame, s'éloigne. Vous vous demandez quoi faire. Vous pensiez trouver le *gari* sur un des buffets, vous en approcher, en picorer un peu à même le plat... juste pour goûter.

Comme vous poursuivez votre marche dans l'intention d'improviser d'une manière dont vous ignorez encore tout, une main vous empoigne par le col.

Que faites-vous donc là ? On vous a cherché partout. Pourquoi faut-il toujours que vous n'en fassiez qu'à votre tête ? Vous voyez bien que les enfants ne sont pas sous les bâches. On leur a installé une table dans la cour arrière de la maison, entre le goyavier et le papayer. Voilà déjà un moment que ceux de votre âge s'y trouvent. Venez vite les rejoindre, ou vous n'aurez rien à manger. Si vous pensez qu'ils vont vous laisser du corossol... Tsst ! On se demande où vous pouvez bien avoir la tête.

Vous levez les yeux vers celle qui vous adresse ces remontrances, une des tantes qui étaient en cuisine ce matin. Tout est perdu. Vous savez ce qu'elles pensent de vous. Vous ne répondez pas, vous pleurez. Ce n'est pas votre genre, mais c'est la seule réaction qui vous vienne.

Vous faites tous deux le chemin en sens inverse.

Autour de vous, les assiettes se vident. On passe au digestif. On grignote de la kola blanche en buvant des alcools forts. La montagne de *misolẹ* a disparu, le poulet frit n'est plus. De toute façon, vous n'en aviez pas envie. Vous ne voulez rien. Qu'on vous laisse tranquille. C'est ce que vous êtes sur le point de crier, quand votre tante vous assied de force à la table des petits, en vous prévenant d'une fessée mémorable, si vous vous avisez de quitter cette place.

Vous séchez vos larmes. Vous êtes maintenant

parmi ceux de votre classe d'âge. Ils vont vous traiter de bébé. Pendant que vos poings serrés vous frottent les paupières pour éponger toute trace de l'averse, vous laissez votre regard embué errer alentour.

Sur la table des enfants, il y a des *pancakes* roulés en cônes, des *beignets soufflés*, du riz aux boulettes de viande, des *misole̱*, des cuisses de poulet frites, et... du *gari* aux crevettes.

Pepe soup

Pratiquement chaque pays africain a ses recettes de *pepe soup*, depuis que les Ghanéens ont inventé ce brouet, et qu'il s'est répandu, on ne sait trop comment, partout où notre continent produit des bouches à nourrir.

Si vous êtes africain et qu'il n'y en a pas chez vous… Laissons cela. Le *pepe soup*, est un bouillon trèèèès épicé. Malgré l'africanisation des vocables, on reconnaît l'anglais *pepper*, dans l'appellation du plat. *Pepper*, c'est le poivre. Oui, mais c'est aussi le piment. Pas les fruits, la plante. S'il peut arriver qu'on jette négligemment une pincée de poivre dans la soupe, c'est le piment qui fait la loi.

Une fois qu'on a dit cela, on n'a pratiquement rien dit. Car, en réalité, si le piment est roi, ses sujets doivent avoir leur place et s'exprimer eux aussi. Sinon, ce ne serait pas vraiment une soupe, mais de l'eau chaude pimentée.

Puisqu'il y a plusieurs sortes de *pepe soup*, décrivons-en au moins le principe.

Dans ce bouillon *spicy hot*, il y a une viande, un

poisson, ou des tripes. Parfois, quelques légumes. Différentes épices.

Généralement, lorsque des gens en mangent, on les entend siffler entre leurs dents pour chasser la brûlure qui demeure, s'incruste, monte au nez qui se met quelquefois à couler.

Le plaisir du *pepe soup* est, dit-on, dans l'expérience particulière d'une sorte de fournaise buccale qui râpe les papilles sans abolir la saveur des ingrédients. Sur la côte du Cameroun, le goût est, outre celui du piment, celui du *ndjangsang* et du *pebe* qui donnent une couleur brune au bouillon.

Pour une raison inconnue de ma personne tragiquement acculturée, chez les Sawas, il se mange un certain *pepe soup* au jour de l'an. Du *pepe soup* de chèvre. Tout ce que ce petit animal peut fournir de comestible est utilisé.

On prépare séparément un bouillon avec la chair, puis un autre avec les tripes. Cette chèvre n'est pas achetée dépecée, morcelée, prête à rejoindre le fond de la marmite. On l'acquiert vivante, plusieurs mois avant le jour de l'an. Elle est engraissée dans la cour des maisons. Les enfants lui donnent un nom.

Ils se font avoir tous les ans, puisque la chèvre

passe invariablement à la casserole après qu'ils s'y sont attachés.

Mes sœurs et moi avons pleuré un bon nombre de chèvres. Jamais nous ne consentîmes à goûter leur cadavre. Surtout après avoir assisté au sacrifice qui ne nous fut jamais ni expliqué ni épargné.

La bête à laquelle nous avions assidûment porté de l'herbe au cours des mois était empoignée un matin. Traînée près d'un trou creusé dans la terre du jardin pour recueillir son sang. Fermement maintenue au sol. Égorgée sans que ses cris ne fassent ciller personne, ni homme ni femme. Quelque chose dans le bêlement de la chèvre sentant venir sa mort nous glaçait le sang.

Ce cri était tellement désespéré, tellement... humain. Cela nous choquait beaucoup plus que les mises à mort régulières de poulets à braiser. Sans pouvoir en exposer la raison, les poulets nous paraissaient beaucoup moins proches de nous.

J'appris moi-même à les tuer avant de les plumer, puis de les vider. Lorsqu'il s'agissait de poules, il m'arrivait de leur arracher sans ménagement des entrailles le jaune d'un œuf en formation, encore dépourvu de coquille. Jamais cela ne me provoqua la moindre émotion. Mais la chèvre...

Outre que nous l'avions soignée des mois

durant et baptisée – ce que nous ne fîmes pas avec les poulets –, mes sœurs et moi étions saisies, lors de son assassinat, par une étrange intuition qui me fut confirmée beaucoup plus tard. Ce n'était pas un vulgaire animal qu'on égorgeait ainsi au jour de l'an, pour appeler paix et bienfaits sur la famille.

La chèvre, dans nos contrées, est une bête symbolique. Elle est liée à tout un univers mystique, impossible à décrire ici. Entre autres, elle voit l'invisible, permet d'accéder à cette vision. Sa chair n'est pas considérée comme un aliment ordinaire.

En des temps dont nous n'aimons pas nous souvenir, nos ancêtres pratiquaient des sacrifices humains. Lorsqu'ils les abolirent, ils remplacèrent l'homme par la chèvre. Peut-être était-ce cela que nous entendions dans l'atroce bêlement. Que la chèvre était réellement devenue ce qu'elle symbolisait, et qu'elle le savait, nous le rappelait.

Camarões

Ékambi savait que quelqu'un venait. À l'heure où les choses parlaient plus que les êtres. Quelqu'un venait déterrer les ignames, le manioc et les patates douces de son champ. On arrachait les épis de maïs mûrs. On lochait furieusement le manguier pour en faire dégringoler les fruits. On taillait des brassées de *ndolẹ*, de *nkeya*, de *bewọlẹ*[1]. Et même la citronnelle, plantée à profusion pour chasser les serpents.

Le matin, quand il se levait, il ne trouvait pas d'empreintes sur le sol. Ni humaines ni animales. Rien que de la terre, çà et là retournée, ostensiblement, pour qu'il n'ait pas l'ombre d'un doute sur les événements qui s'étaient déroulés durant son sommeil.

Cela faisait maintenant dix-sept nuits qu'il tentait de monter la garde. Il mâchait de la kola rouge, gardait les yeux ouverts sur les ténèbres pendant un bon moment. Puis, inévitablement,

1. Diverses variétés de légumes verts utilisés sur la côte du Cameroun.

alors que la nuit entamait la deuxième moitié de son cycle, ses paupières se fermaient. Lourdement. À un point tel qu'il lui était impossible de se remémorer la dernière image vue avant qu'un sommeil sans rêves vienne l'engloutir.

Le chant furieux du coq le réveillait, comme un clairon hurlant l'appel au combat achevé. Il constatait alors que le voleur avait accompli ses œuvres, là, sous son nez.

La veille, il avait eu une idée. Arpentant son jardin jusqu'à l'endroit où sa pirogue était amarrée, il n'avait pas vu d'empreintes, mais il lui avait semblé qu'une sorte de piste s'était légèrement creusée, indiquant la voie suivie par le voleur. Si ce minuscule sentier était visible, il ne pouvait que dessiner le trajet habituel du malfrat.

Ékambi avait demandé à sa femme, Élolombé, de lui donner une bonne quantité de la pâte à savon végétale qu'elle façonnait en petits carrés, avant de les faire sécher au soleil et de les vendre au marché.

Élolombé s'était exécutée de mauvaise grâce, disant qu'ils avaient besoin de l'argent ainsi gagné. Depuis que leur potager était ravagé, il fallait bien acheter de quoi les nourrir convenablement. Ékambi ramenait certes du poisson tous les jours, mais avec quoi l'accompagner ? Plus un seul tubercule de manioc ne subsistait dans le champ.

Elle ne pouvait plus préparer la pâte servant à faire les *mio̲ndo̲* qui accompagnaient habituellement les grillades de poisson, ni le foufou qu'ils mangeaient avec la sauce gombo au poisson fumé.

D'ailleurs, s'il ne se dépêchait pas de trouver ce voleur, ils n'auraient plus rien à se mettre sous la dent. Quand il n'y aurait plus une seule plante dans le potager, le malfaiteur s'approcherait sans doute de l'habitation. D'abord, il s'attaquerait au poisson qu'elle laissait à sécher dans la cour arrière. Ensuite, pénétrant dans la case, il viderait les marmites et le garde-manger.

Ékambi lui avait intimé de se taire. S'il lui demandait de lui donner ce qui allait servir à façonner les briques de savon, c'était bien pour neutraliser le voleur. Elle lui avait montré la substance contenue dans une calebasse, la lui indiquant d'un mouvement du menton, afin qu'il en dispose comme bon lui semblait. Elle se lavait les mains de tout cela, de leur misère et des lendemains qu'ils ne verraient pas, puisqu'ils allaient mourir de faim.

Cette fois, il ne prit pas la peine de la gronder. S'emparant de la calebasse pleine d'une préparation encore gluante, il alla la ranger à l'intérieur de la case. À l'abri des feux de l'astre du jour.

Quand Élolombé s'enquit de ses projets d'un ton plus calme, il ne lui répondit pas. Lorsqu'on avait en tête un projet sérieux, il n'était pas bon d'en parler à voix haute.

Ensuite, il avait pris sa pirogue comme tous les jours, pagayé jusqu'à la lisière de la mangrove avoisinante.

Une fois là, il avait tendu son filet, s'était allongé au fond de son embarcation, avait tranquillement attendu de sentir le poids annonçant le moment de tirer. Il avait trouvé cet endroit qu'il avait caché aux autres hommes du village.

La pêche y était toujours bonne, sans qu'on ait à lever le petit doigt. Ce qu'il y avait de plus étrange, c'était que le fleuve, en ce point précis que seul Ékambi connaissait, livrait encore des *mbea towe̱*. Ces grosses écrevisses, qui avaient valu au Wouri le nom de *Rio dos camarões*, n'apparaissaient plus à la surface des eaux depuis de décennies.

On ignorait la cause de leur disparition. Ce qu'on savait, en revanche, c'était qu'elle indiquait la rupture du lien avec les mânes protecteurs du peuple sawa.

Les *mbea towe̱*, lorsqu'elles pénétraient dans l'estuaire pour recouvrir les eaux de l'intérieur, relayaient la parole des ancêtres. Elles assuraient le peuple de la vitalité de ces disparus qui veillaient sur lui depuis l'autre monde. Elles transmettaient aussi les oracles des ondins, qui étaient, bien avant les ancêtres, les intercesseurs des hommes auprès de Nyambe.

Ékambi ne se souciait aucunement de tout cela. Ce n'était rien de plus que de vieilles histoires.

Il se souvenait des jours de liesse au village, quand les *mbea towe̱* surgissaient, après une fine pluie, signe de prospérité. On en remplissait les filets, les femmes les faisaient sauter dans un peu d'huile de palme après les avoir assaisonnées. Le clan tout entier se régalait. Pour lui, les *mbea towe̱*, ce n'était que cela.

Néanmoins, une petite intuition qu'il s'était empressé d'écouter lui avait fait garder pour lui sa découverte. La première fois qu'il avait rapporté des écrevisses à la maison, Élolombé s'était écriée qu'il fallait en avertir tout le village, consulter les anciens, savoir quel message...

Il avait fermement appliqué la paume rêche de ses mains sur ces lèvres volubiles, chuchotant que surtout pas. Il n'y en avait pas suffisamment pour les partager avec cette bande de voraces. Et si on le disait aux anciens, ils feraient ce qu'ils font toujours en pareil cas : ils s'arrogeraient le droit de disposer seuls des crustacés, qui seraient alors perdus pour ceux auxquels ils revenaient de droit.

Élolombé s'était tue, non sans avoir d'abord murmuré que la vieille Sué, qui connaissait bien ces choses-là parce qu'elle avait traversé quelques époques, répétait à qui voulait l'entendre que les *mbea towe̱* s'en étaient allées à cause d'une offense faite aux esprits.

Il avait haussé les épaules. Sué n'était qu'une vieille folle. Elle radotait. Elle inventait. Comme tous ces vieillards désormais inutiles, elle faisait l'intéressante. Plus personne ne voulait l'entendre, justement. Alors, elle prétendait que ses affabulations étaient l'histoire véritable des Sawas. Tsst ! Des contes, oui. Des légendes pour amuser les enfants.

En y pensant, il haussait encore les épaules. S'il ne riait pas à gorge déployée, c'était pour ne pas faire fuir le poisson, ne pas attirer l'attention d'autres pêcheurs, sans doute occupés non loin de là.

Les yeux fermés, le soleil lui caressant le visage, Ékambi songea à ses projets nocturnes. Il rentrerait au crépuscule. Élolombé et lui dîneraient d'une soupe de poisson. Ensuite, lorsque la chaleur du jour aurait fait place à un peu de fraîcheur, il déverserait la pâte à savon le long du petit sentier.

Le voleur ne verrait rien, glisserait, tomberait ou pousserait un cri. En tout cas, il l'entendrait. Ouvrirait les yeux. Se gardant d'emprunter la voie glissante, il se hâterait de rejoindre le malfaiteur et le rouerait de coups avant de le livrer au clan. Il ne pouvait s'agir que d'une personne connue.

Ékambi fit ce qu'il avait projeté. Sa tâche achevée, il laissa Élolombé se coucher seule pour la dix-huitième nuit. Lorsque l'ombre atteignit la deuxième moitié de son parcours, il était encore éveillé. C'était la première fois. La kola semblait produire son effet, au-delà de ce qu'il en attendait. Il ne clignait même pas des yeux.

Aussi, quand il vit ce qu'il vit, il sut qu'il ne rêvait pas. Une forme surgit au loin, qui semblait venir du fleuve. Elle ne se dirigea pas vers le sentier recouvert de glu. D'ailleurs, il ne faisait aucun doute qu'elle se déplaçait sans toucher le sol.

La voix du pêcheur demeura tapie au fond de ses tripes. Son cri ne fut qu'une intention. Son corps refusa également d'obéir aux injonctions de son cerveau. La forme fut bientôt près de lui. Elle dit :

— Je t'ai vu tout à l'heure comme je te vois chaque jour. La pêche a été bonne, n'est-ce pas ? Tu as perdu la foi dans le monde invisible d'où ton existence fut pourtant tirée, comme celle de tous ceux qui vivent sur cette terre. Tant que tu ne diras pas aux tiens que tu as trouvé la demeure des ondins, le lieu où chacun doit porter ses offrandes, je viendrai me servir dans ton jardin. Tu me dois bien ces quelques légumes. Prends garde : lorsqu'il n'y aura plus de plantes dans ton potager, je prendrai autre chose. Quelque chose de vivant. Comme les poissons que mes eaux te donnent. Comme les végétaux que je viens cueillir en échange. Un jour prochain, tu n'auras peut-être plus que ta propre vie à offrir. Sache que je n'hésiterai pas à m'en emparer. Ceci est mon premier message.

La figure continua à parler. Elle dit que les *mbea towe̱* avaient disparu de la surface des eaux le jour où les notables se mirent, non pas à les partager avec le peuple en remerciement des largesses des ondins, mais à les vendre.

Tant qu'elles ne réapparaissaient pas à la surface, elles étaient la propriété de l'autre monde. Ékambi les remettrait désormais à l'eau, chaque fois qu'elles seraient prises dans ses filets. Que chacun fasse de même, jusqu'à nouvel ordre.

Le peuple du rivage savait qu'il devait tout à

l'eau. Cependant, il n'avait plus pour elle que mépris. Y puisant une large part de sa subsistance sans la remercier, sans la préserver. Les esprits du fleuve recevaient quotidiennement les ordures ménagères et corporelles d'une population qui avait oublié que les eaux étaient plus qu'un terrain de chasse ou un dépotoir.

Après avoir réitéré l'interdiction de pêcher des *mbea towe̱* jusqu'à ce que le courroux des ondins se soit apaisé, l'être qui se déplaçait sans toucher le sol quitta Ékambi. Élolombé le trouva au matin, toujours adossé à un mur de la case, immobile, les yeux fixant le fleuve.

Dans la même collection

Sous les mets les mots
Claude Pujade-Renaud

Voyages en gourmandise
Chantal Pelletier

À ma bouche
Martin Winckler

Mes péchés bretons
Hubert Michel

Un goût de soleil
Anne Bragance

La Croque buissonnière
Pierre Pelot

Saga italienne
Alain Absire

Régals du Japon et d'ailleurs
Dominique Sylvain

Abécédaire gourmand
Michèle Gazier

Le Palais du Mandarin
Thanh-Van – Tran-Nhut

Cet ouvrage a été composé
et mis en pages
par
Étianne Composition
à Montrouge.

Achevé d'imprimer en France
par Dupli-Print à Domont (95)
en avril 2014
www.dupli-print.fr

Dépôt légal : avril 2009
N° d'édition : 53915/02 – N° d'impression : 2014031582
Imprimé en France